Cuentos policiales para niños

Victoria Rigiroli, Ezequiel Dellutri, Martín Sancia, Diego Meret

Ilustraciones: Gabriel San Martín

EDICIONES
Lea

CUENTOS POLICIALES PARA NIÑOS
es editado por: Ediciones Lea S.A.
Av. Dorrego 330 (C1414CJQ),
Ciudad de Buenos Aires, Argentina.
info@edicioneslea.com
www.edicioneslea.com

ISBN: 978-987-718-301-6

Primera edición. Impreso en Argentina.
Diciembre de 2015. Arcángel Maggio-División libros.

Cuentos policiales para niños / Victoria Rigiroli ... [et al.] ; compilado
   por Victoria Rigiroli. - 1a ed. ilustrada. - Ciudad Autónoma de
   Buenos Aires : Ediciones Lea, 2015.
   64 p. ; 24 x 17 cm. - (La brújula y la veleta ; 15)

   ISBN 978-987-718-301-6

   1. Cuentos Policiales. 2. Cuentos Infantiles. I. Rigiroli, Victoria II.
   Rigiroli, Victoria, comp.
   CDD 863.9282

Instrucciones para resolver el enigma de este libro

Bienvenidos a esta nueva antología de cuentos policiales. Los cuentos que vas a encontrar acá plantean misterios por resolver y pistas por interpretar pero necesitan, para lograrlo, lectores inteligentes, astutos y tenaces, capaces de encontrar a un ladrón, sí, pero también capaces de no darse por vencidos frente a lo que parece imposible de desentrañar.

Los cuentos que vas a encontrar acá necesitan, en definitiva, lectores-detectives que no se dejen engañar por las apariencias, que piensen rápido, que tengan una gran capacidad de observación y que desconfíen de todo y de todos. ¿Estás listo para ser un detective? Puede ser un oficio peligroso...

Si cumplís con todos los requisitos anteriores y sos, además, muy valiente, te proponemos estos cinco casos, para que te aventures a resolverlos:

Fichas de los casos:

- "El culpable siempre vuelve a la escena del crimen":
  Acompañá al único detective de entrecasa que, además,
  es un bebé, y ayudalo a resolver quién asaltó la heladera.
  Podés encontrar este caso a partir de la página 5

- "Mi mala racha": Un detective en un ascensor, un consorcio
  atacado por un disfrazador serial y un amor ¿imposible?
  Podés encontrar este caso a partir de la página 15

- "Vida de pueblo": En un pueblo tranquilo de provincia, un
  hombre desaparece de la faz de la tierra sin dejar ningún
  rastro. Acompañá a su mujer, que se propone encontrarlo
  cueste lo que cueste. Podés encontrar este caso a partir de
  la página 25

- "El osito desmembrado": Una detective con piojos (o unos
  piojos con detective) tiene que encontrar al culpable de
  un feroz crimen, un destripador de osos de peluche es un
  peligro suelto por la ciudad. Podés encontrar este caso a
  partir de la página 37

- "Nada por aquí. Nada por allá": Miles de libros desaparecen
  todas las noches de una biblioteca. Una detective canchera
  (quizás demasiado) debe descubrir quién es el responsable
  de este crimen que parece, más bien, un truco de magia.
  Podés encontrar este caso a partir de la página 51

Ahora sí, agarrá la lupa y… ¡a investigar!

El culpable siempre vuelve a la escena del crimen

Victoria Rigiroli

No ez fázil trabajar al zervizio de la juzticia, hay corrupzión, inmoralidad, gente dizpuezta a todo con tal de que el delito y el mal zean los que triunfen.

Momento, ezto va ezcrito, no nezezito zezear.

Ahí va:

No, la verdad y la justicia son dos dioses difíciles de adorar. Sobre todo para alguien como yo, que no tiene amigos poderosos, ni quiere tenerlos, que no vende sus ideas al mejor postor. Alguien que tiene dos años recién cumplidos y, además, sabe decir exactamente diecisiete palabras que, para colmo, son todas simples, tipo: mamá, papá, no, agua. Otra sería mi historia si esas diecisiete me sirvieran para decir, por lo menos, culpable, evidencia o: "¿dónde estuvo usted el jueves pasado entre las seis y media y las siete de la mañana?".

Déjenme que me presente, primero. Mi nombre es Bondi, Santiago Bondi, y más que detective privado soy un detective de entrecasa.

Si esto fuera una película, cuando dije lo anterior, me habrían enfocado muy de cerca y yo, para hacerme el malo, seguro no tendría el chupete y achicaría así los ojos, como poniéndome chino.

Mi pasión por el arte de la deducción empezó muy temprano, estaba todavía en el sanatorio recién nacido, cuando me entretenía adivinando el parentesco de los que pasaban a conocerme por la cuna. Así pude saber, por ejemplo, muy rápidamente cuál era mi abuela: el tono de voz, tan parecido al de mi madre, el pelo completamente blanco y los anteojos, que revelaban su avanzada edad me ayudaron a detectar que se trataba de la nona casi casi antes de que ella me dijera "a ver, mi nietito adorado".

Ese día también conocí a mi tío, a quien identifiqué velozmente, gracias al lunar con forma de corazón que tiene en la mejilla izquierda, casi un sello de la familia de mi padre; me di cuenta en seguida, segundos después de que él me diera la remera que todavía tengo, la que dice "si piensan que tengo pinta es porque no vieron a mi tío". Ese día tan importante para mí, el día de mi nacimiento y la resolución de mis primeros enigmas, estaba lloviendo, lo supe por los zapatos de mi abuelo, de mi papá y de la tía Marta, que estaban mojados y que pude ver gracias al rato largo que me tuvieron boca abajo, mientras esperaban que yo hiciera mi primer provechito. Bueno, por eso y porque la enfermera entró y dijo: "pucha, cómo llueve".

A partir de ese día, mi tarea en esta casa fue permanente. Es cierto que nadie pareció notar cuando resolví el famoso caso de las pantuflas desaparecidas de papá (era obvio que se trataba del gato, aunque las evidencias y el sentido común apuntaran al perro, la astucia del investigador es ver lo que nadie ve, suponer lo que nadie supone). Tampoco parecieron darse cuenta cuando resolví el misterio del teléfono que no sonaba porque no estaba conectado, es cierto.

Pero nada va a detenerme, porque un detective no trabaja por la fama, no desentraña complejísimos enigmas por la gloria. No, el detective, profesional, privado o de entrecasa persigue sólo la satisfacción que siente el que sabe que está haciendo lo correcto.

Por eso no dudé ni un segundo cuando se me presentó el último caso, el que iba a ser el caso más importante de mi ya larga carrera.

Lo recuerdo perfectamente:

Estaba sentado en mi sillita de comer, con el babero puesto, tomando la primera mamadera del día (sí, todavía me gusta, de vez en cuando, disfrutar de una rica mamadera, me ayuda a concentrarme). Pensaba, a lo mejor, que cuando terminara iría a jugar con el encastre grande, el que es como una pelota en la que hay que embocar todas las piezas de acuerdo a su forma. Ese día había pensado que era tiempo de practicar el triángulo, que se me complicaba un poco y, en una de esas, si me quedaba tiempo, el cuadrado.

Pensaba en esto y en poco más cuando escuché el desgarrador grito de mi madre. Mi pobre madre que había abierto desprevenidamente la heladera para buscar los ingredientes para la torta de cumpleaños de la tía Paula y había hecho el terrible, el dolorosísimo descubrimiento:

Acá, si esto fuera una película, habría una música tipo:

Cha-cha-cha-channnnnnn

O, en su defecto:

Pi-pi-pi-pi

Alguien se había comido toda la tableta de chocolate. Entera. Y después había vuelto a armar el envase como para mantenernos a todos engañados y lo había guardado en la heladera. Era un envase perfecto, sólo que vacío. Era una obra de arte. Una obra de arte del mal, como sólo algunos crímenes de mentes muy malvadas y brillantes pueden ser.

Vi la sorpresa en el rostro de mi madre y supe que este era un trabajo para mí, así que bajé como pude de la sillita (admito que me caí y me puse a llorar, pero fueron sólo unos minutos) y empecé velozmente a analizar la evidencia.

El primer problema con el que me encontré fue que no era posible saber en qué momento había sido cometido el crimen. El chocolate estaba en la heladera desde hacía semanas, y eso ampliaba muchísimo las posibilidades de atraco.

Dada la complejidad del caso, pensé que lo mejor era hacer una lista de los posibles sospechosos.

Quise hacerla en papel y lápiz, pero mi mamá la confundió con un monigote (admito que mi letra no es la mejor, debe ser porque todavía no sé escribir), me preguntó, contentísima:

¿¡Soy yo!?

Y lo pegó en la heladera. Tuve que contentarme con hacer una lista mental:

Sospechosos:

Papá: es famoso por la voraz necesidad de algo dulce que lo asalta ciertas noches. Él mismo admite que ver una película sin maní con chocolate hace que la película baje, mínimo, un Carlos en la puntuación (sí, se hace el crítico de cine, así que mide a las películas en Carlos, en lugar de estrellas). Estuvo viendo, otra vez, todas las Star Wars, que son larguísimas, así que hay muchas chances de que se haya quedado sin maní y haya asaltado, desesperado la heladera. ¿Por qué no quiso admitir su robo? Simple, mamá siempre le dice que no coma tanto chocolate, que le hace mal para no me acuerdo qué.

La abuela: hace dos domingos la tía Marta dijo que tenía antojo de mousse de chocolate, que era una lástima que el supermercado chino estuviera cerrado, que si no fuera así ella misma iría a buscar los ingredientes para que la abuela pudiera preparar ese que era su postre más famoso. La abuela consiente mucho a sus hijos y a sus nietos, y una hora y media después apareció con la mousse recién hecha. ¿De dónde sacó el chocolate? ¿Puede ser que haya "tomado prestado" el chocolate, con la intención de devolverlo más tarde, pero después, simplemente, se haya olvidado? Se olvida los anteojos en todas partes y una vez se dejó la tarjeta de débito en el supermercado, así que no sería raro.

Mariano: mi hermano mayor no es particularmente goloso, y todos sabemos que, en general, le gusta más lo salado. Pero no puedo descartarlo porque lo he visto devorar el flan con dulce de leche. Quizás todo eso de que no le gusta tanto lo dulce sea una trampa para cometer este tipo de crímenes impunemente, pero no lo creo. Juega muy bien a la pelota, ya sabe escribir su nombre, y me gana a todos los juegos que jugamos, pero no me parece que tenga esa pizca de inteligencia y maldad que todo gran villano debe tener.

Vidal: nuestro perro no secuestró las pantuflas de papá, es cierto, pero es perfectamente capaz de cometer toda clase de delitos. Hace no mucho se comió una manguera y siendo cachorro era famoso por masticar las patas de los muebles, que todavía conservan las huellas de su pasión mordedora. No sabe abrir la heladera, pero no descarto que, en caso de encontrarla ya abierta (otra vez, la abuela) pueda robarse el chocolate y muchas cosas más. No sé cómo habría hecho para dejar el envase intacto, eso sí, pero...

Sandía: el gato todavía está en capilla por lo de las pantuflas. No creo que se atreva a tanto.

Mamá: mami no puede ser. La descarto por completo. Mami es buena.

Yo: yo no fui. Me creo.

Las primeras pistas no se hicieron esperar: estábamos almorzando cuando el sonido del teléfono pareció romper el aire de la casa.

Riiiiiiiiiiiiiiiiiiiiiiiiiiiiiiing

Riiiiiiiiiiiiiiiiiiiiiiiiiiiiiiiiiiing

Mi mamá, que estaba haciéndome el avioncito con la milanesa con puré, se sobresaltó y corrió a contestar:

¡Ah, mi amor, sos vos! Hola, te escucho raro, ¿cómo estás?

Uh, pobrecito.

Bueno, sí, andá a la guardia a ver qué te dicen.

Hasta ahí todo normal, de golpe mi mamá me dio la clave:

¿Viste? Yo siempre te digo que mucho comer maní con chocolate mientras ves la tele te puede traer caries. Que tengas suerte, vida. Te esperamos.

¿Súbitamente caries? ¿Apenas días después de la maratón de *Star Wars* y de la espantosa desaparición de toooodo el chocolate de la casa? Todo cerraba. Me lamenté por mi papi, porque imaginé que las caries deben ser dolorosas (aunque a mis dientes de leche, por supuesto, no les pasó nunca), pero todos los indicios apuntaban a él.

Decidí montar una escena para comprobar su culpabilidad, como en las películas. Así que hice lo siguiente: en la mesa ratona del living dejé tirado un DVD al que mi papá no se iba a poder resistir, *El Señor de los Anillos 3*, la reconozco por el viejo de barba blanca de la tapa. Fui hasta la cocina y escondí el maní con chocolate; lo saqué del lugar en el que lo pone siempre y lo metí en el canasto de las frutas, a ese mi viejo no lo toca ni loco. Después fui y puse a Tito Totito, mi peluche favorito, sentado y apoyado contra la puerta de la heladera.

¿Por qué hago todo esto, se preguntarán ustedes?

Muy simple:

Si esto fuera la misma película del principio,
otra vez la cámara me enfocaría de cerca
y yo pondría mucha cara de canchero,
con una sonrisa así, de costado y guiñaría un ojo.
Por supuesto, tampoco acá tendría el chupete.

Mi papá llegaría del dentista adolorido y cansado. Se sentaría en el sillón a relajarse un poco y justo antes de subir las piernas a la mesa ratona, como hace siempre, vería que hay algo en el medio, lo agarraría para correrlo y, al ver de qué película se trata, pensaría que es una buena opción para ver esa noche. Por la noche, justo cuando Gandalf... bueno, mejor no cuento qué pasa para no arruinarle la película a nadie. Por la noche, decía, en algún momento, se levantaría a buscar el maní con chocolate. Al no encontrarlo, volvería al lugar del hecho y repetiría, sin lugar a dudas, la misma conducta delictiva: abriría la heladera para saquear el chocolate. Tito Totito, que tiene un cascabel atado al cuello, se caería hacia el costado cuando mi papá abriera la puerta de la heladera y el sonido del cascabel me daría a mí el aviso de que el delincuente de mi padre fue hallado con las manos en la masa, o con las manos en el chocolate para taza, debería decir en este caso, que no es lo mismo, pero por lo menos rima.

Mi plan era perfecto. Se basaba en la certeza de que el culpable siempre vuelve a la escena del crimen, y eso lo sabemos todos los detectives.

Sin embargo, todavía me esperaba una sorpresa en este fascinante caso.

Todo venía ocurriendo exacto como yo lo había supuesto: mi papá dolorido después de su excursión al dentista, descubrió la película y se sentó a verla después de comer. Ya estaba yo muy atento cuando Frodo... (bueno, otra vez, mejor me callo), porque seguro que mi papá muy pronto iba a levantarse a buscar el maní. De pronto, claro, contundente y desde la cocina, escuché el inconfundible

Tling

Era el cascabel de Tito Totito, dándome la señal de alarma. Mi papá ni se movió de su asiento pero yo corrí, o mejor dicho, traté de correr; en mi apuro me caí varias veces porque todavía no lo hago muy bien que digamos, aunque por suerte el pañal me amortigua el golpe cada vez. Corrí a la cocina, decía, y pude ver bien claramente una imagen que nunca podré olvidar. Un espectáculo horroroso e insospechado. Mi abuela, sí, la nona, de pie frente a la heladera, con el chocolate abierto en la mano izquierda mientras con la derecha se llevaba, uno tras otro, pequeños pedazos a la boca. En el piso, tirado de costado como un peluche viejo, Tito Totito miraba la escena tan desolado como yo.

Quise explotar y decirle la verdad al mundo, pero estaba muy nervioso, tan nervioso que sólo pude gritar, señalando a mi nona. Grité con todas mis fuerzas lo que yo creí que era un claro, un clarísimo "CULPABLE". Pero

AAABEEEEEEEEEE

fue lo que escuchó el resto.

Todos pensaron que era un apodo cariñoso para llamar a mi abuela y lo celebraron como mi palabra número dieciocho.

Sólo yo sé la verdad, y por eso ahogo mis penas en mamaderas.

En la vida de todo detective hay un crimen resuelto para el que no se hace justicia. Este es el mío.

Mi mala racha

Martín Sancia

Sé que no deben haber muchos detectives que tengan su oficina en un ascensor de servicio; seguramente a la mayoría debe resultarle incómodo moverse en un espacio tan reducido (1,7 x 1,5 metros), no creo que muchos puedan soportar eso de andar subiendo y bajando 14 pisos durante ocho horas por día, sin parar. Pero a mí me gusta. Estoy más que conforme con mi trabajo, con mi hermosísimo trabajo, y también estoy conforme con el lugar en el que tengo mi despacho.

–Mire, Papamoscas –me dijo Andrés Friolengo, el presidente del consorcio, cuando me contrató–, sé que para un detective que se llame Nabo Papamoscas no debe de ser fácil encontrar un trabajo. Apuesto a que la gente que busca un detective se inclina por nombres y apellidos más serios, más confiables... También, viendo su currículum, estimo que para una empresa deber ser difícil contratarlo, ya que nunca ha durado ni siquiera un año en ningún trabajo. Su récord de duración es de once meses y diez días. No habla bien de usted esa falta de constancia. Mejor dicho: habla pésimo de usted... Sin embargo, Papamoscas, he decidido correr el riesgo. Y lo corro por dos razones. Una, porque me gustan los riesgos, por más tontos y ridículos que sean. Y otra, porque todos los detectives con los que hablé antes me dijeron que no. Incluso, uno me lo dijo a los gritos: Nooooooooo, me dijo. Y es que a los detectives (al menos, los detectives con los que hablé) les parece una pavada mi ofrecimiento. Entonces, cuando yo leí su nombre y luego su apellido, me dije: seguramente no hay nada que a este Nabo le parezca una pavada. Por eso lo llamé. Y por eso, si usted acepta, he decidido correr el riesgo... ¿Qué le parece? ¿Acepta?

–Sí –respondí, dejando en claro que lo mío no eran los discursos largos.

Y empecé a trabajar al día siguiente.

–Si alguien roba o quema una lamparita, queremos que usted investigue y nos diga quién fue –me dijo Friolengo–. Si alguien llama al ascensor y luego no lo toma, también queremos que usted nos diga de quién se trata... Si alguien tira un papelito, o lo que sea, en el piso, también. Si alguien mancha la pared, si alguien escribe en la pared alguna palabrota, si alguien tira la basura en el incinerador con la bolsa abierta, si alguien hace cualquier cosa que pueda perjudicar al consorcio..., estimado Nabo, usted va a tener que investigar y luego nos va a pasar un informe por escrito. Y, otra cosa: queremos que esté permanentemente subiendo y bajando, para que ningún piso se queje de que es menos vigilado que otro...

Podría relatarles varios, decenas de casos interesantes que me tocó investigar desde que estoy trabajando aquí. Pero hoy quiero contarles el caso gracias al que, por primera vez, pensé que perdía mi trabajo.

Fue el 5 de marzo de 2014. Justo ese día yo cumplía mi primer año en el edificio, y estaba nervioso porque, como conté antes, jamás había durado un año en ninguno de mis trabajos anteriores, y estaba seguro de que algo iba a pasar, algo iba a hacer que yo, finalmente, no pudiera quebrar la mala racha.

Así que me dispuse para que ese día ocurriera lo peor. Para que ese día pasara de todo. Y apenas entré a mi despacho y apreté el botón del piso 14, el ascensor no subió.

–Bue, mal principio –me dije, pero pronto el ascensor se puso en funcionamiento. Agregué: –Igual, algo va malo va a ocurrir...

Al pasar por el piso segundo susurré, como cada mañana:

–Buen día, mi amor.

E iba por el piso tercero cuando escuché el grito.

Como me gusta hacer bien mi trabajo, a los pocos días de comenzar en el edificio fui piso por piso, departamento por departamento, pidiéndoles a todos los que vivían allí que gritaran bien fuerte.

–Soy infalible memorizando gritos –les decía a cada uno–. Mi idea es que usted emita un grito para que yo ya lo tenga guardado en mi disco rígido –y me tocaba la cabeza–, así, si alguna vez lo escucho gritar, lo voy a poder identificar enseguida y eso me va a permitir acudir en su auxilio con mayor rapidez.

Por lo tanto, no me costó, ese 5 de marzo, identificar el grito que acababa de escuchar.

Pertenecía al Dr. Gaspar Sucre, del 6º C.

Apreté, de inmediato, el botón del número 6.

Y a los tres segundos y dieciséis milésimas (el tiempo es estimativo) estaba tocando el timbre del departamento del Dr.

Si yo fuera una persona más relajada, seguramente me habría reído. Porque el Dr. Gaspar Sucre era un hombre adusto, prolijo, con cejas frondosas y bigotes que parecían de un prócer. Así que imagínenselo disfrazado de pollito, y no me digan si no es para morirse de risa.

Sin embargo, como yo, cuando trabajo, no puedo relajarme y solo sé manejarme con absoluta seriedad, no me reí. Al contrario: verlo así, disfrazado de pollito, me preocupó.

–¿Qué le pasó? –le pregunté.

El Dr. movió la enorme y amarilla cabeza de un lado a otro, negando, y dijo:

–No sé, me desperté y estaba así, con este disfraz absurdo. Es una desgracia…

Le pedí permiso para entrar a la casa y lo primero que vi fue el ventanal abierto.

–¿El ventanal lo abrió usted?

–No. Yo ayer, antes de dormirme, lo dejé cerrado. Deduzco que el responsable de mi disfraz de pollito entró y salió por la ventana, pero la pregunta es: ¿cómo hizo para subir y bajar los seis pisos? ¿Habrá usado una soga?

–Vamos a averiguarlo.

Estaba caminando hacia el ventanal cuando escuché otro grito: María Pulpetti, del 3º C.

–Espéreme, ya vuelvo –le dije al Dr., y bajé los tres pisos por el ascensor.

María me abrió la puerta disfrazada de lechuza.

–Dios mío –dije cuando la vi.

Me contó, compungida, lo mismo que el Dr. Sucre: se había despertado disfrazada y, según ella, el culpable había entrado y salido por el ventanal.

–¿Y su marido? –pregunté.

—Acá estoy —respondió él, disfrazado de no sé qué animal, uno de cola grande y orejas puntiagudas.

—Vamos a ver —dije, pero tampoco pude llegar a ver porque un nuevo grito, más aterrador que los anteriores, bajó desde el piso 12, del departamento de la Escribana Goletti.

Corrí hacia el ascensor preguntándome qué podía haber pasado. ¿Por qué alguien querría entrar a la casa de la gente para disfrazarla mientras dormía? ¿Cómo había hecho para entrar usando los ventanales? ¿Sería alguien del edificio? ¿Sería una sola persona o dos, o tres, o varias?

La Escribana Goletti es una mujer de unos sesenta años, muy obesa. Tan obesa que le resulta dificultoso caminar, agacharse, subir al taxi: para todo necesita ayuda.

—Le prohíbo que se ría —me dijo no bien abrió la puerta.

Estaba disfrazada de lagartija. Una lagartija muy particular, porque no es común ver lagartijas redondas.

Por suerte, no me reí.

—¿Entraron por el ventanal? —le pregunté, seguro de que me iba a decir que sí.

—No —me respondió—. El ventanal estaba cerrado. Pero cuando me desperté escuché el ruido del inodoro. Para mí que usaron el inodoro para escaparse…

—¿El inodoro? ¿Pero cómo?

—Ni idea, querido. Vos sos el detective, ¿no?, así que averiguarlo es tu trabajo, no el mío.

—¿Puedo pasar a verlo?

—Mirá, en este momento está mi marido, y va a tardar porque entró con el diario.

—¿A él también lo disfrazaron?

—Sí, pobre. De Cenicienta. No sabés lo que parece. Me morí de risa cuando lo vi.

Por suerte no tuve que esperar a que su marido saliera del baño, porque escuché, entonces, un grito nuevo y amado: el grito de Andrea Nieve, del 2º C.

–Qué hermosura –pensé cuando abrió la puerta y la vi, disfrazada de bailarina clásica con tutú y todo, pero sólo le dije:

–Buen día.

–Buen día, Nabi –me dijo ella.

Y mientras me contaba que se había despertado con ese disfraz, y que para ella el culpable había entrado por debajo de la puerta, como si fuera de agua, yo me esforzaba, como cada vez que la tenía enfrente, para que no se me notara que me moría de amor por ella.

Pensé: ojalá me pida que la proteja. Ojalá me pida que la abrace. Ojalá me pida que la bese. Pero era imposible: la misma mala racha que tenía en el trabajo, la tenía con el amor: nunca había podido enamorar a ninguna de las mujeres que había amado.

–¿Querés un poco de este jugo? –me dijo, en referencia al vaso de jugo de naranja que llevaba en la mano derecha.

–No, gracias –respondí, y no sé qué más le iba a agregar, pero no pude decírselo porque se escucharon, al mismo tiempo, cinco gritos, que pude identificar: Romina Puré, del 8º B, Marita Lupano, también del 8º B, Lupe Licueta, del 5º D, Maribel Churrasgow del 11º A, Rocío Chimichuwri, del 1º B, y Renguelina Lampariola, del 14º C.

En las horas siguientes, los gritos y los disfraces continuaron, y las hipótesis eran cada vez más descabelladas: unos decían que el "disfrazador" era un fantasma, otros que era alguien invisible, otros que era un insecto, otros que era alguien que los disfrazaba por telepatía.

Al mediodía, cuando ya la cosa parecía haber terminado, entré a mi oficina y me senté a pensar. El caso me excedía, y no iba a poder resolverlo. Evidentemente, yo no era el detective que el edificio necesitaba, y seguramente esa misma tarde me dirían "Estás despedido", y yo seguiría con mi mala racha, con mi imposibilidad de durar un año en el mismo trabajo. No pude evitar el llanto. Pero con todo lo que había pasado estaba tan confundido, tan mareado que las lágrimas, en lugar de salirme de los ojos, me salieron de las orejas.

No me sorprendí: era común que las lágrimas me salieran de cualquier parte. Ni siquiera sirvo para eso, me dije. Ni siquiera sirvo para llorar.

Y luego abrí el tupper en el que había puesto una porción de la deliciosa tarta de jamón y queso que me había regalado doña Guillermina el día anterior, pero justo cuando estaba por morder el primer bocado escuché un grito que era la suma de todos los gritos de los que residían en el edificio. Pude identificar que las sesenta y tres personas que componían el consorcio habían gritado al mismo tiempo, y que ese grito general provenía del mismo lugar: la terraza del edificio.

Así que dejé la tarta y apreté el botón del piso 14, y cuando llegué al piso 14 subí las escaleras que conducían a la terraza.

–¡¡¡Feliz primer año!!! –me dijeron todos los vecinos apenas llegué.

Y ahí entendí.

Todo el consorcio se había puesto de acuerdo para organizar una fiesta de disfraces celebrando mi primer año junto a ellos. Todo lo que había vivido esa mañana era, tan solo, una broma, un complot. Y allí estaban todos, los sesenta y tres, contentos y agradecidos por mi desempeño en mis primeros doce meses, alrededor de una mesa llena de comida y bebidas.

–Gracias –dije, y por primera vez desde que trabajaba allí me permití sonreír.

–Tomá –me dijo Andrea, y me alcanzó una bolsa–. Acá hay varios disfraces para que elijas uno, el que más te guste... Hay un disfraz de mosquetero, uno de réferi de fútbol, uno de momia, otro de rockero... ¿De qué te gustaría disfrazarte?

–De tu futuro novio –le dije.

Y ella me miró sorprendida, emocionada, y los ojos le temblaron.

Y cuando vi que una lágrima le caía de la ceja izquierda supe que estábamos hechos el uno para el otro.

Y supe también que, definitivamente, mi mala racha había terminado.

Vida de pueblo

Diego Meret

I

La vida de pueblo suele ser muy calma, o eso es lo que dice la gente, pero también suele ser tormentosa, y eso lo digo yo, que también soy gente y que viví tres años en un pueblo correntino. No tengo muchos recuerdos de cuando viví allí, porque, para ser honesto, soy bastante olvidadizo y entonces cuido mucho los pocos recuerdos que tengo. A veces me los voy repitiendo en voz alta mientras camino, y otras veces los escribo… y así voy modificando los recuerdos viejos. Para los que no lo saben, un recuerdo viejo es un recuerdo con más de un año de antigüedad. Los que tienen más de un mes son recuerdos comunes, a secas, y los de menos de un mes son "cosas que todavía estoy viviendo". Pero cuando me viene un recuerdo nuevo, que es la categoría de los recuerdos que no me acordaba que tenía, agarro mi agenda forrada en cuerina y lo escribo todo, así como me viene a la cabeza, sin ningún orden ni adorno, lo escribo como para sacármelo de encima. Mi mamá, que una noche descubrió mi agenda mientras yo dormía, dice que soy escritor. Yo le digo que no soy escritor, sino un cuidador de recuerdos –mi primo Damián, que se la pasa leyendo como si en el mundo no hubiera nada más que hacer, me dice que soy "curador" de recuerdos, y no "cuidador", pero lo cierto es que Damián habla difícil y yo no le entiendo demasiado–. "No soy escritor", le digo entonces a mi mamá, "soy un cuidador de recuerdos", que no es lo mismo, porque a los escritores les tiene que gustar estudiar y a mí estudiar me parece un espanto. No sé qué quiero ser, pero escritor seguro que no, quiero ser algo que no tenga ninguna, absolutamente ninguna relación con el estudio. Porque así como me olvido de los recuerdos, también me olvido de lo que estudio cuando me toca pasar al frente a dar alguna lección. No hace mucho pasé uno de los papelones más grandes por culpa de una lección. Ni me acuerdo sobre qué tenía que hablar, pero me pasó que no pude hablar. Me paré al frente del curso y cuando Luis –mi maestro, que además es una persona híper-graciosa: idéntico al señor Burns, pero con rulos– me indicó que empezara con la lección, me trabé. Todas las palabras que había estudiado y repetido hasta el cansancio en la cocina de mi casa se fueron. No las pude contener, digamos: como si una palabra líder hubiese abierto una salida en mi cajita mental, y las demás palabras huyeran motivadas por esa acción liberadora. No me salió ni una. Estuve unos minutos parado, haciendo fuerza por decir aunque fuera una oración pero fue inútil. Y me senté del mismo modo en que me paré para dar la lección. Luis me preguntó si me sentía bien y yo le hice un gesto con la cabeza que significaba "sí". Más tarde, en el recreo, me volvió a preguntar si me sentía bien y entonces le confesé mi problema con los recuerdos.

-Estudié para la lección –le dije –pero el recuerdo de las palabras que estudié no sé cuándo me va a venir, a lo mejor me viene esta noche o ahora en unos minutos o dentro de dos meses, pero no tengo idea...

Luis pensó un poco lo que le acababa de decir, hizo un gesto con los ojos: levantó los párpados como si fueran labios en vez de párpados, y se fue sin decirme nada hacia donde se reunían los profesores.

2

Hoy estoy escribiendo medio raro, con muchas vueltas. Y, con esto, no quiero decir que yo escribo prolijo, ni mucho menos, sino que me parece que, además de escribir, estoy pensando. Es la primera vez que escribo sobre el problema de los recuerdos, y no los recuerdos y punto. Por eso la corto acá, dejo de dar vueltas y voy al grano, o vuelvo al principio. Me acordé de un amigo del pueblo correntino del que hablé cuando empecé con este recuerdo. Se llama Andrés y me acordé de él por un caso misterioso en el que su familia se vio envuelta. Andrés vivía en un terreno que estaba a la vuelta del taller de mi papá. Y en el mismo terreno, por supuesto, vivía su familia: los Centurión. A mí me gustaba ir a su casa porque el terreno era inmenso y los Centurión eran muchísimos, como treinta, y muy ruidosos y alegres. Y además corpulentos. No medían menos de un metro ochenta.

El terreno estaba detrás de una pared alta y sin revoque, como si fuera la muralla de una ciudad medieval. No sé cómo eran las ciudades medievales, pero una mañana Luis nos contó que tenían murallas. Y digamos que en el centro de la pared había una puerta diminuta que, en comparación con el cuerpo de los Centurión, parecía, además de diminuta, incoherente. Habría que preguntarle a un escritor si una puerta puede ser incoherente, pero para mí sí. La puerta de los Centurión era una puerta incoherente. Y esa incoherencia portátil hacía que cada dos por tres me pegara algún que otro susto. Porque si iba distraído por esa cuadra y de golpe salía un Centurión del terreno era todo un espectáculo. Brotaban de la pared como fantasmas, o se corporizaban en un segundo delante de la pared. Yo había elaborado una teoría acerca de esa impresión. La puerta era tan pequeña e incoherente que me olvidaba, primera parte de la teoría. Y segundo, al ser la puerta tan pequeña e incoherente, los Centurión, para salir del terreno, debían hacerlo a gran velocidad y con destreza. Si no, se quedarían atrapados y a la espera de que otro Centurión los ayudara desde adentro. Otra cosa que me gustaba del terreno de los Centurión era el olor a guiso que sentías al pasar por ahí y que se intensificaba al traspasar la pared. Le decía a Andrés que siempre que iba a su casa, después, andaba con unas ganas inmensas de comer guiso. Andrés me miraba con sus ojos negros y se reía. Se reía todo el tiempo Andrés, con la boca y con los ojos. Pero cuando su familia pasó a ser el centro del pueblo ya no se reía tanto.

Resumiendo el recuerdo, lo que pasó fue que a un Centurión se lo tragó la tierra. Y lo llamativo fue que no había sido cualquier Centurión, sino Ángel, el que trabajaba en el Banco Nación y que metía, de vez en cuando, alguna materia para contador en la Universidad de Posadas. En conclusión, el que vendría a ser algo así como el Centurión ejemplar, o el más responsable y que además se había casado con Sofía, una de las chicas más lindas del pueblo.

Gendarmería rastrilló hasta el último centímetro de Ituzaingó, y nada, ni un indicio de qué había pasado o dónde podría haber ido. Fueron alrededor de tres meses de búsqueda oficial, que terminó con el hallazgo de Pepón, el cocinero perdido, a quien nunca habían buscado porque en realidad nadie estaba al tanto de que se había perdido, así que el hecho de que apareciera el cuerpo de Pepón fue una triste sorpresa para todos y causó una gran conmoción. Lo que circuló fue que el gordo Pepón, borracho, había ido a parar al fondo de un barranco y que, cuando lo hallaron, ya le habían nacido plantas en diversos huecos de su cuerpo. Y pasó que, como si una cosa tuviera que ver con la otra, el hallazgo de Pepón clausuró la búsqueda de Ángel.

Como decía, entonces, de la noche a la mañana, abandonó su puesto administrativo en el Banco Nación y no se lo vio más por la Universidad de Posadas. Y Sofía, que lo quería de corazón, había quedado desamparada en la casita tan precaria como hermosa que compartía con su querido Ángel, en el terreno. Nadie podía creer que se hubiera alejado de Sofía. Aunque, con el paso del tiempo, y así de curioso es el pensamiento colectivo, casi todos empezaron a sospechar que ahí estaba el problema. Ángel había pateado el tablero porque: o Sofía le había hecho algún daño o porque Sofía le había hecho alguna otra cosa equiparable a un daño. Casi nadie interpretaba la partida de Ángel con nada que no tuviera a Sofía por motivo. Eso hizo que ella prácticamente se volviera loca y que odiara a todo el pueblo menos a la familia de Ángel. Siguió viviendo en el terreno de los Centurión, protegida por la muralla de las habladurías del pueblo. Pero, así y todo, las habladurías no impidieron que Sofía llevara adelante una investigación de lo más disparatada. Andaba por el pueblo con un cuaderno rojo y una cámara de fotos, y sacaba fotos y conclusiones. Y aunque sabía que todos –o la gran mayoría– desconfiaban de ella o por lo menos la creían involucrada en el misterioso ocultamiento de Ángel, interrogó a cada uno de los habitantes de Ituzaingó. A mí también, claro, y en más de una ocasión. Pero no me acuerdo –o no ahora, en realidad– de las preguntas que me hacía. Sí me acuerdo de que fueron muchas y muy raras, y de que no todas tenían que ver con la desaparición de Ángel. Algunas eran del estilo: "¿qué querés ser cuando seas grande?". "¡Pobre Sofía!", pensaba yo, y le respondía cualquier cosa, lo primero que me venía a la cabeza. Ahora se me ocurre que a lo mejor su método consistía en preguntar, simplemente en preguntar, pero no en elaborar las preguntas. Y así, en una de esas, iba a dar con la pregunta justa a la persona justa. Aunque eso hubiese sido un doble acierto, cosa más que improbable. Pero me parece que el asunto iba por ahí, y, si no, le pega en el palo, porque no le bastó con interrogar a todo el pueblo, pues una vez que lo había interrogado, lo volvió a interrogar, y después lo volvió a interrogar, y lo volvió a interrogar, y… lo volvió a interrogar, y… así un montón de veces. Llegó un momento en que todos le escapábamos a la pobre Sofía, porque una vez que te agarraba te largaba su batería de preguntas y la verdad que era una situación bastante incómoda. Sofía iba con su cuadernito y la cámara de fotos y vos la veías y rajabas. Si te agarraba no te dejaba ir más. No estaba bueno responder las preguntas de Sofía, pero tampoco quedaba lindo, aunque ella bien lo sabía, darle a entender que desconfiábamos de… Y sí que era una situación incómoda. Te hacía preguntas y por ahí te fotografiaba la cara en medio de una respuesta. Y entonces te quedabas pensando: "¿estará fotografiando el instante de una respuesta importante?". Y no quedó ahí la cuestión de las preguntas, es decir, un día, dejaron de ser sólo la posibilidad de un encuentro

con Sofía. Papelitos celestes amanecían en las casas. ¿Y qué tenían los papelitos? Tenían preguntas. Sofía deslizaba papelitos celestes por debajo de las puertas, por la noche. Al día siguiente te tocaba el timbre y te decía: "anoche le dejé un papelito con preguntas. ¿Me da las respuestas?". Cuando empezó esto de las preguntas escritas, por supuesto que nadie conservaba los papelitos, pero con el correr del tiempo nos dimos cuenta de que era mejor, muchísimo mejor conservarlos que tirarlos. Porque Sofía se ve que llevaba un registro de las preguntas que deslizaba por debajo de las puertas y no la podías engañar y conformarla con cualquier respuesta. Y si tirabas el papelito, no sabías qué preguntas responder, porque lo que Sofía no hacía por nada del mundo era repetir preguntas. Y las escritas las deslizaba por debajo de las puertas sólo una vez. Después solamente pasaba a recolectar respuestas. "Vengo a buscar respuestas", te decía: "le pasé las preguntas anoche por debajo de la puerta". Y vos, que habías tirado el papel a la basura le respondías cualquier gansada, por ejemplo: "ah, sí, el sol al mediodía pega en ángulo recto, por eso no produce sombra". Sofía te miraba, escudriñaba, entrecerrando los ojos y te decía "busque el papelito, que vuelvo mañana", y al otro día volvía y al otro día también, hasta que por fin encontrabas el papelito celeste o por fin le dabas una respuesta que la conformaba. "Muchas gracias", suspiraba y te sacaba una foto de cara.

3

Ese mismo año, me mudé con mi mamá a Buenos Aires y todavía no se sabía nada de Ángel. Al año siguiente volví al pueblo, pero ahora de vacaciones, y me encontré con Andrés en una de las playitas del Paraná. Hablamos un rato largo y yo me había olvidado por completo del asunto de Ángel. Me acordé cuando me contó que Sofía ya no vivía con su familia. Y yo pienso que me lo contó porque no podía creer que no le preguntara por su hermano.

–¿Te acordás qué linda la Sofía? –me dijo.

–...

–Se la extraña, no hay con qué darle... lo lindo siempre se extraña...

Y ahí le pregunté por Ángel. Me contó que estaba bien y que andaba recorriendo el país.

–Y qué pasó, digo, qué pasó con Ángel, porque cuando me fui a Buenos Aires nadie sabía nada.

–Recibimos una carta de él. Encontró su vocación y se metió en el circo.

Nadie había reparado, ni siquiera Sofía, me contó Andrés, que a Ángel se lo había tragado la tierra en la temporada en que el Circo Chaqueño pasaba por Ituzaingó. Todos adorábamos al Circo Chaqueño porque llegaba y modificaba al pueblo. Íbamos al descampado donde instalaban la carpa y espiábamos las cajas y los camiones. Ahora me acuerdo que Ángel llevaba unas botellas y, mientras los del circo clavaban las estacas y tensaban sogas para levantar la lona, él se ponía a hacer malabares delante de nosotros y lo aplaudíamos como si fuera parte del circo.

-Sofía lo perdonó –aclaró Andrés– pero al poco tiempo de que recibimos la carta, se fue de casa. También se fue de Ituzaingó, a estudiar para contadora en la Universidad de Posadas.

Ahora viene un consejo que no tiene nada que ver con el recuerdo que escribí, o sí. De algún modo sí: del modo de mi mamá. Si vos llevás un diario o un cuaderno de recuerdos, y tenés una mamá o pariente o alguien querido que te revisa lo que escribís, nunca dejes el cuaderno a su alcance. Hace unos días, mientras hojeaba el mío, descubrí la letra de mamá justo después de este recuerdo. Es que, como dije antes, ella se piensa que soy escritor y no un cuidador de recuerdos. Si no, no puede explicarse semejante intromisión. Transcribo acá abajo lo que escribió:

"El cuento falla porque no elegís bien al personaje detective. La chica no puede investigar porque está enamorada y está claro que no tiene intenciones de llegar a ninguna resolución. La chica quiere estirar la cosa, no saber la verdad. Un verdadero detective no le teme a la verdad. Todo lo contrario, no hay otra cosa que le importe más que la verdad. Y también tendrías que reescribir el final, ese final tan de cuento, de cuanto tan… no-policial, con dos pibes hablando, o casi hablando, de cara al Paraná, como para la cámara. Es muy trillado el final además. ¡No podés terminar un cuento policial con dos pibes hablando giladas en una playa del río Paraná! Lo único que te faltó fue escribir: tomamos tereré en silencio".

Y aunque a mi mamá no le guste, eso fue lo que hicimos. De no haber sido por las palabras que violentó en mi agenda, nunca me hubiese acordado. Tomamos tereré en silencio. Sentados sobre unos troncos que había cerca del barranco, tomamos tereré mirando el río, a pocos metros de donde se rumoreaba que habían hallado el cuerpo del gordo Pepón. Me imaginé a Sofía en Posadas estudiando para contadora; a los Centurión saliendo por la puerta diminuta de la muralla; y a Ángel, todavía enamorado de Sofía, pero espantado del Banco Nación y de la contaduría, de pueblo en pueblo, en una caravana interminable con el circo chaqueño que se lo llevó.

El osito desmembrado

Ezequiel Dellutri

Malena Piorrea se rasca la cabeza.

—¿Qué querés? ¿Matarnos a todos? —le dicen los piojos que viven en su cabeza. Están ahí desde hace muchos años, cuando empezó a ir al jardín de infantes. Se los contagió una compañerita que la perseguía diciéndole si quería ser su amiga, si quería ser su amiga, si quería ser su amiga. Un día, Malenita le dijo que sí y desde entonces, no le quedó otra que ser la Piojosa.

Malena Piorrea probó de todo: lavarse el pelo con vinagre, rezar tres padrenuestros y cuatro avemarías, meter la cabeza adentro de una cacerola y golpearla con un palo para aturdirlos, pedirles por favor que se vayan, pero nada: los piojos estaban lo más campantes en la cabeza de Malena, que tenía el pelo negro y enrulado. Era, te digo la verdad, una chica muy linda, pero nadie la quería.

¿Sabés por qué nadie la quería? Porque era una piojosa. La gente discrimina mucho, ¿viste? Si sos alto no te quieren, si sos gordo no te quieren, si sos petiso no te quieren –aunque seguro les caes simpático, porque todos los petisos son simpáticos– y si tenés piojos, nada: no te quieren ni a vos, ni a tus piojos.

Lo bueno es que Malena podía hablar con sus piojos que además, eran muy inteligentes.

Un día, cuando estaba meta rascarse, los piojos dijeron:

–Pará de rascarte. ¿No te das cuenta que nos aplastás? Asesinás familias enteras de piojos. Vamos a hacer un trato, Malenita: nosotros podemos resolver cualquier problema. Así que, si vos abrís una oficina de detective privada, vas a ganar mucho dinero. Con plata, alguien te va a querer.

Era mentira, claro. A la gente que tiene plata no la quieren: quieren a la plata. Si lo pensás bien, no es lo mismo.

–Seguro consigo novio si ustedes se bajan de mi cabeza, se toman el colectivo y se van bien lejos de mis rulos.

La cuestión es que a Malena el tema de los muertos, los ladrones, los balazos y todo eso no le gustaba. Así que pensó, pensó y pensó. No le sirvió para nada, la verdad, porque la idea se le ocurrió un día cualquiera y justo, justito en ese momento, no estaba pensando en nada.

La cosa fue así: paseando por la plaza, Malena vio a una nena llorando. Se acercó y le preguntó qué le pasaba. Le contestó que había perdido a su conejito de peluche.

–Está atrás de aquel árbol, Malena, ¿no te das cuenta? –le dijeron los piojos.

–¿De qué árbol?

–De ese de allá… ¿No ves la filita de hormigas que pega la vuelta alrededor del tronco? La nena estaba comiendo un algodón de azúcar. Mirale las manos: todas pegajosas. Así como estaba, tocó al conejito, que quedó embadurnado de azúcar. Las hormigas lo confundieron con un dulce y se lo están llevando.

Malena Piorrea siguió el caminito de hormigas y efectivamente, ahí estaba el conejito, cargado sobre las espaldas de ciento once hormigas forzudas.

–Ustedes son geniales –les dijo Malena a los piojos, después de devolverle el conejito a la nena–. ¿Por qué no ponemos una oficina de detectives, pero en vez de andar con muertos y esas cosas, buscamos peluches perdidos?

–Y –dijeron los piojos piojosos– mala idea no es.

Y así, Malena la Piojosa Piorrea se convirtió en la primera y única detective de peluches.

Volvemos al principio de la historia. Estamos en la oficina de Malena Piorrea. En las paredes, hay muchas fotos pegadas: ella con los peluches que ha salvado de secuestros, intentos de homicidios, pérdidas involuntarias, entierros prematuros, enfermedades infecto contagiosas, dueños dañinos, vecinos maliciosos y abuelitas de traseros grandes que nunca miran donde se sientan. Todos éxitos, ningún fracaso, ¿te das cuenta? Porque la Piojosa no solo es la única detective de peluches: también es la mejor.

La pregunta es por qué Malena Piorrea se rasca la cabeza.

La respuesta es obvia: porque tiene piojos. Pero además, porque quiere obligarlos a que estén bien atentos a lo que les cuenta la nena que está ahí sentadita. Una ternurita: rubiecita, con trencitas y un vestidito blanco que parece de algodón. Eso sí, llora por todos lados: por los ojos con lágrimas de lo más comunes y corrientes, pero también por la nariz, con unos mocos que suben y bajan. Linda la nena, pero un asco.

Se llama Clarisa Camila de Monte Calvario. La que está al lado es la niñera. El que está echadito en sus rodillas es su perrito.

Cuando Clarisa se tranquiliza un poco, dice:

—No se tiró. Lo tiraron. Lo tiraron a mi osito Rupertino.

El caso que Malena tenía que investigar era más o menos así:

Clarisa tenía un osito que se llamaba Rupertino. Eso, me parece, ya lo tenías claro, pero lo que sigue sí que es nuevo: resulta que la tarde pasada, Clarisita se fue a tomar el té con leche con biscuits —los biscuits son unas galletitas re duras que comen las viejas y las nenas que tiene mucha plata, como Clarisa—. Cuando volvió al rato, Rupertino no estaba. A los gritos, llamó a la niñera. Cuestión que, escuchá bien, entre las dos empezaron a buscarlo por acá y por allá, pero nada. Al final, Clarisa miró por la ventana y lo vio ahí abajo. Vivían en un sexto piso, te aclaro.

—Estaba hecho pedazos —explica la niñera—. Una pata por acá, un bracito por allá... Y la cabeza... bueno, la estaban usando unos chicos para jugar a la pelota.

Los gritos que pegó Clarisa cuando vio eso, no te das una idea.

La niñera tuvo que bajar corriendo a buscar los pedacitos del oso. Sacó una pata de un cantero, el cuerpito de un tacho de basura, los bracitos del cordón de la vereda y lo peor fue que tuvo que esperar a que los chicos patearan un penal para robarles la cabecita, porque no se la querían dar.

—Acá está... —dice la niñera y le muestra a Malena la Piojosa una bolsita de tela.

Malena agarra la bolsa y en ese momento, el perrito que descansa sobre las rodillas de Clarisa, que hasta ahora había estado muy tranquilito, se desespera y empieza a ladrar.

Qué feo bicho, piensa Malena. No sabe que es un perro carísimo del que solo hay unos pocos en el mundo. Sí, es verdad: eso no lo hace más lindo, pero algo es algo.

Clarisa agarra al perrito justo antes de que pueda morder la bolsa.

Nuestra detective la abre. Siente el movimiento sobre su cabeza: los piojos se están acercado para ver cómo quedó el osito: todo desarmado.

–Decile que necesitás llevarte la bolsa –le dicen los piojos.

–Necesito llevarme a… –Malena la Piojosa duda… ¿cómo decirlo para que Clarisa no se ponga a llorar peor?– …a Rupertino.

Clarisa Camila de Monte Calvario amaga con detenerla, pero no: quiere saber quién tiró por el balcón a su osito.

–Está un poco sucio –dice la rubiecita, y después aclara–: Yo había pensado en cambiarlo, pero no logré convencer a mi mamá.

Casi ofendida, Malena le contesta:

–Un peluche no se cambia. Se queda con una hasta que las costuras los separen.

–Ya está un poco grande para peluches… –agrega muy bajito la niñera. Malena le clava la mirada.

Después, se rasca la cabeza, agarra un piojo y se lo come igualito a como hacen los monos. Los que quedaron en la cabeza empiezan a chillar, a quejarse, a patalear como nenes chiquitos. Pero Malena sabe. Hay que mantenerlos a raya a los piojos estos, si no, te manejan la vida.

–¿Qué me traes ahora? –dice la viejita. Está toda arrugadita la pobre. Es como si la piel le quedara grande. Lo ojitos son tan chiquitos que casi no se ven.

Están en una habitación llena de partes de peluches: una pata por acá, una oreja por allá, un frasco lleno de ojos, muchas cabezas por ahí, varias narices en una lata de duraznos. La viejita mira adentro de la bolsa que le acaba de pasar Malena.

–Terrible –dice. Después, vacía el contenido sobre una mesa llena de alfileteros, retazos de tela y tiras de gomaespuma.

–Acercate que no vemos nada –dicen los piojos, enojados como siempre.

La viejita se calza los anteojos en la punta de su nariz, que también tiene miles de arrugas pero, no vas a creer, ninguna verruga. Será porque no es una bruja, sino una costurera. Una costurera forense.

–Ajá –dice. Con el dedo, señala la patita del osito. Los piojos se agolpan en la cabeza de Malena para ver mejor.

–¡Un moco! –gritan.

–Un moco –dice la costurera forense.

–Un moquito –dice Malena, como para no quedarse afuera.

La costurera forense mira a Malena por encima de los anteojos. Cada día más arrugada, piensa Malena, pero no lo dice, a ver si se ofende y no le explica por qué es tan importante el moco ese.

–Si sacás el ADN del moco, vas a tener al asesino.

Asesino, lo que se dice asesino, no sé. Porque es un peluche, nomás. Pero bueno, entre una detective de peluches y su costurera forense siempre hablan así, como si todo fuese terrible.

–Hay que sacar el ADN ya –gritan los piojos.

–No podemos. No hay tiempo –dice Malena. La vieja la mira. Después, le mira los pelos rulientos. La detective no puede evitar rascarse.

–Pará, nena, acabás de aplastar al tío Edgardo –gritan los piojos.

–Díganme qué hago. Si no, meto la cabeza en el humo de un caño de escape y chau piojos.

La costurera forense sigue mirándola sin decir nada.

–Son los piojos –la aclara Malena–. No me dejan tranquila.

–Ah, sí. Los piojos –dice la vieja, que mucho, mucho, no le cree.

–Probá el moco y después, andá a probar el de los sospechosos. Con eso te vas a dar cuenta quién fue –le dicen los piojos.

–¡Qué asco! No voy a hacer eso. Piensen otra cosa, ya que son tan inteligentes.

Los piojos discuten entre ellos.

–Acercate un poco que baja uno de los nuestros. A los piojos nos encantan los mocos.

Malena se inclina un poco y un piojo salta desde uno de sus rulos hasta el osito. Después, vuelve a subir.

–Riquísimo –dicen los piojos.

–¿Pero de quién es?

–¿Cómo querés que lo sepamos? Tenemos que comparar.

–Ustedes son un asco.

–¿Tanto tiempo viviendo con nosotros y recién te das cuenta?

La costurera forense está enhebrando una aguja.

–¿Querés que hagamos la reconstrucción del hecho?

–Nah. Creo que con lo del moco ya tenemos suficiente.

Malena Piorrea, detective de peluches, vuelve a su oficina.

–Traé un papel –le dicen los piojos–. Y fibras de colores, así queda más lindo.

Malena les hace caso. Hay que mantenerlos a raya, claro,

pero también hacerles caso porque, como ya te dije, los piojos son bien inteligentes.

–Vamos a hacer una listita con los principales sospechosos.

Sospechosa uno: La niñera

Carita de mala tiene, pero ¿por qué tiraría al osito por la ventana?

–Ella misma lo dijo: cree que Clarisa está grande para andar jugando con ositos –le explican los piojos. Malena cree que se equivocan: no hay edad para un buen peluche. Todos quieren uno para estrujar mientras duermen.

Sospechoso dos: El perrito feúcho

–¿El perro?

–Ay, Malena, mirá que sos distraída. ¿No viste cómo reaccionó? Se puso como loco. Es evidente que estaba celosito del osito.

Los piojos se ríen porque la última frase les salió con rima. Son inteligentes los piojos, pero a veces también pueden ser un poco tontitos.

Sospechosa tres: Clarisa Camila de Monte Calvario.

–Ah, no. Eso es ridículo. ¿Cómo va a tirarlo ella, si fue la que nos llamó?

–Ay, ay, ay, Malena. Quiere cubrirse, ¿no te das cuenta? Por ahí, espera que todos piensen lo que vos pensás: que si llamó a un detective de peluches, no tiene nada que ver.

–¡Cómo no me di cuenta!

–Tranquila, Malena. Vamos paso a paso, ¿te parece? Ahora que ya sabés cuáles son tus sospechosos, llegó la hora de ir a verlos al lugar de los hechos. Ahí vamos a probar los mocos y ya no van a quedar dudas.

Ahora estamos en el departamento de Clarisa Camila de Monte Calvario. Mirá lo que es: una pinturita, todo perfectito, limpito, ordenadito.

Ahí está Clarisa. No llora, pero cada tanto se sorbe los mocos.

Ahí está el perrito, mirando todo con los ojos medio bizcos.

Ahí está la niñera, con su cara de malita.

Y acá está Malena la Piojosa rascándose la cabeza, como siempre.

–¡Pará un poco, Malena! Te acabas de llevar al abuelo Tito –le gritan los piojos, desesperados.

–Díganme qué hago. Qué hago.

–Deciles que ya sabés quién fue el que tiró al osito Rupertino.

–¡Pero no sé!

–Vos decile. Es para crear tensión.

Clarisa, la niñera y hasta el perrito la miran. La miran raro, porque para ellos, que no escuchan las vocecitas de los piojos, está hablado sola.

–Para terminar de resolver este curioso caso –dice Malena, rascándose de nuevo para ver si los piojos ponen un poco más de voluntad– necesito una prueba de mocos de todos los que estuvieron presentes en la casa: la niñera, Clarisa y el perrito este que no sé cómo se llama.

–¿Una… prueba… de… mocos…? –dice la niñera.

–Sí. Una muestrita nomás. La pueden sacar ustedes

misma con el dedo este, el que se usa para señalar. –Malena les muestra el dedo y lo mueve un poco cerca de su nariz, como para que se den cuenta de cómo hacerlo.

Y justo, justo en ese momento se abre la puerta del departamento y entra una señora que es igualita, igualita a Clarisa pero en versión grande.

–¡Me pillo, me pillo! –dice juntando las rodillas, sin darse cuenta de que la casa está llena de gente.

Revolea un paquetón arriba del sillón, tira las llaves del auto adentro de un florero, deja los anteojos colgando del picaporte y entonces los ve. Se queda quieta apretando bien fuerte las rodillas y sin saber qué hacer.

Todos –todos, te digo: Malena, Clarisa, la niñera, los piojos y hasta el perrito feo– están mirando para donde está, pero no la miran a ella, sino al dedo índice de la mano derecha de la mamá. El dedo que la señora tiene metido adentro de la nariz enterito, enterito. Bueno, está bien: todo no, si no se estaría rascando el cerebro desde adentro. Casi todo.

–Mamá... –dice Clarisa. Tiene los ojos muy abiertos, porque recién, igual que vos, se dio cuenta de todo: fue la madre de Clarisa la que tiró el oso por la ventana. Ni la niñera, ni la nena, ni el perro: fue la mamá.

–Señora, va a tener que explicarnos por qué tiró a Rupertino por la ventana –dice, seria, Malena.

–¿Puedo... ir a hacer pis primero? No quiero mojarme la bombacha.

La dejan, claro. No es divertido que una persona grande se haga encima.

Al final, cuando vuelve, explica todo:

–El otro día, cuando Clarisa estaba tomando la leche, llegué de improviso a buscar unos papeles que me había olvidado –

la mamá de Clarisa es abogada y los abogados usan muchos papeles–. No hice ruido, porque si me veía, Clarisa me iba a pedir que me quedara con ella un ratito a ver los dibujitos. A mí me encanta, pero ese día no tenía tiempo porque... bueno, no importa por qué. La cuestión es que cuando paso por la puerta de su cuarto, lo veo a Rupertino. Hace mucho, muchísimo que lo tiene. El otro día me dijo que lo quería cambiar y hasta la niñera me comentó que ya tenía que dejar los peluches... Yo dije que no, no, no... A los papás, les cuento por si no lo saben, nos da cosita que los hijos crezcan. Así que cuando vi al osito, me acordé del día que se lo regalé. E hice algo que... Bueno, ahora me da un poco de vergüenza decirlo: le hice upa al osito como si fuera Clarisa cuando era chiquita. Hasta le dije ajó, ajó mientras lo acunaba.

"Y de repente... ipum! Me tropiezo con...

Ahí ladró el perrito; con él había tropezado la mamá.

–El osito Rupertino se me escapó de las manos con tanta mala suerte que salió disparado por la ventana. Lo vi caer sobre el árbol que está acá abajo. Las ramas lo rasguñaron por todos lados y quedó así, todo desarmadito el pobre.

"Justo entonces escuché los pasitos de Clarisa y me escondí como pude. Me dio mucha vergüenza.

–Mamá... –dice Clarisa y revienta a llorar: muchas lágrimas y muchos mocos.

–Hasta te compré otro –le dice señalando el paquete que dejó caer sobre el sillón.

Clarisa llora todavía más fuerte.

–Señora, un peluche no se reemplaza con nada. Eso lo sabe cualquiera –dice Malena. Después, se rasca la cabeza–. Y bueno, al final nadie tiene la culpa de nada, me parece. Yo sé que no es lo mismo, pero la costurera forense hizo esto. Creo que puede servir.

La detective de peluches le pasa a Clarisa la bolsa de tela. La nena duda: no quiere volver a ver al osito en pedazos. Malena le sonríe como diciendo dale, abrila.

Adentro está Rupertino, lleno de costurones, pero entero. Parece, eso sí, un osito zombi, pero es mejor que nada.

Clarisa lo abraza fuerte, fuerte. El amor es más grande que cualquier cicatriz.

Parece que todos son felices. La mamá abraza a Clarisa, la niñera al perro, los piojos a Malena y Malena a un paragüero que tiene cerca.

–¡Pero este oso tiene piojos! –dice la mamá.

Malena sonríe con un poco de vergüenza, se rasca la cabeza, los piojos le gritan que se deje de hacerlo y la historia termina así, con todos felices y piojosos.

Nada por aquí. Nada por allá

Victoria Rigiroli

Ema no cree en nadie que no pueda ver y en nada que no pueda oír. Eso es lo que puso en su perfil de Facebook y lo que dice la página de Internet que promociona sus servicios como investigadora privada. 0% credulidad, dice a todo aquel que quiera escucharla y dibuja el cero en el aire, imitando a una publicidad.

No tengo ni que aclarar que Ema, entonces, no cree en Dios, Papá Noel, los Reyes Magos ni el Ratón Pérez. Pero a lo mejor sí tengo que aclarar que tampoco cree en los vampiros, los fantasmas, los zombies, los signos del zodíaco ni los gatos negros; no cree que los espejos rotos traigan siete años de mala suerte, que pasar por debajo de las escaleras sea de mal agüero, que si te barren los pies te estén barriendo la suerte, ni que si hace cuernitos mientras patea el equipo rival, el arco de su equipo, Boca, vaya a permanecer invicto. Ema, simplemente, no cree.

—Eso es lo que me hace tan buena investigadora —dijo una vez, durante una entrevista que le hicieron después de que descubrió quién había robado el cuadro "Los girasoles" de Van Gogh—, no me dejo influenciar por nada que no sea la evidencia. No tengo preconceptos ni hago suposiciones. 100% desconfiada, 100% efectiva —agregó, y dibujó el cero en el aire, nadie supo si porque se confundió o porque era el último cero del cien.

El entrevistador alcanzó a pensar, antes de ir al corte: "tampoco tenés modestia", pero logró no decirlo, justo justo.

El caso parecía sencillísimo para ella, una detective con muy pocos años pero mucha experiencia: la biblioteca barrial la llamó porque estaba en estado de emergencia.

Ema fue lo más rápido que pudo. Llegó casi corriendo y con ese envión casi tira a la señora que atendía el mostrador:

—Rápido, mi nombre es Ema, me llamaron porque había una emergencia— le dijo, mientras procuraba atajar a la pobre anciana, que después del choque casi termina en el piso.

—Momento, jovencita —dijo la viejita, que hablaba muy lento—. Sí, yo la llamé y le comenté que estamos en estado de emergencia, que no es lo mismo que tener una emergencia.

—Ah, ¿no? —preguntó desconcertada, Ema, mientras se terminaba de atar la zapatilla que, en el apuro por salir, le había quedado desatada

—No, claro que no. Esta es una biblioteca, en las bibliotecas, las cosas suelen tener otros tiempos, distintos que afuera. No es habitual que haya emergencias. Bueno, salvo esa vez que entró el gato de la señora Gómez, se subió al último estante y no había con qué bajarlo. O esa otra vez que se trabó la cadena del baño y empezó a salir toda el agua. O…

–Bueno, bueno –la interrumpió Ema, que se destacaba por su talento detectivesco pero no por su paciencia–, pero ¿cuál es el estado de emergencia en el que están, entonces? – preguntó y destacó tanto "estado de emergencia" que sospecho que yo debería haberlo subrayado.

–Ah, señorita Ema. El problema que tenemos son los libros.

–¿Cómo, los libros? Esta es una biblioteca, tiene que haber libros.

–Claro, claro. Tiene que haberlos. Y no los hay –contestó la anciana, a la que parecía que se le terminaba rápido la cuerda.

Ema no entendía nada. La viejita se dio cuenta, así que siguió:

–Vea usted, debería haber libros, porque es una biblioteca. Pero ya no los hay.

Ema empezaba a sentirse mareada, físicamente mareada por la viejita y su discurso circular.

–¿Entonces ya no es una biblioteca? –alcanzó a preguntar mientras luchaba para mantenerse en pie.

–Bueno, espero que lo siga siendo. Para eso la necesitamos a usted, justamente.

La viejita hizo una pausa. Ema no sabía qué decir, así que por las dudas, no dijo nada. Hizo bien porque a la anciana le costaba arrancar, pero arrancaba. Así que después de una breve pausa siguió diciendo:

–Verá, señorita Ema, el problema que tenemos es que los libros desaparecen de esta biblioteca. Un día están, y al día siguiente ya no están.

Ema iba a hacer una pregunta, pero se dio cuenta de que la viejita no había terminado de hablar.

–Eso no sería un problema –continuó– ya que esto es una biblioteca. Y en las bibliotecas la gente se lleva los libros.

Pese a la pausa, Ema se dio cuenta de que la anciana no había terminado de hablar, así que espero.

Esperó.

Esperó un rato más.

–El problema –volvió a arrancar la señora, justo antes de que Ema perdiera las esperanzas–, el problema es que desaparecen libros que no fueron prestados. Y que, por ende, nadie nos devuelve.

Yo no entendí mucho, pero Ema parece que sí (o perdió la poca paciencia que la caracteriza) y decidió empezar a investigar ella misma por los pasillos de la biblioteca, a ver si encontraba pistas, indicios, elementos que pudieran ser procesados objetivamente por la ciencia de la deducción.

La biblioteca le pareció un lugar bastante oscuro y curioso, con las paredes cubiertas de estantes hasta el techo, y libros, infinidad de libros por todas partes.

–¿Qué libros son los que faltan? Acá parece no haber lugar para un solo libro más.

–Espere, espere. Estos son los libros de Matemática. Están todos.

Siguieron caminando por el mismo largo pasillo, algunos metros y Ema preguntó:

–¿Falta mucho?

La viejita le respondió señalando hacia adelante con el dedo, lentamente, como hacía todo. Pasaron por delante de los estantes de Química, de Física, de Contabilidad y por un sector que a la investigadora le pareció que debía corresponder a Astronomía.

De pronto, como si hubiesen pasado a otro edificio, llegaron a un sector en el que los estantes estaban casi vacíos y lo único que se veía eran las paredes blancas sin nada.

–¿Es acá? –preguntó Ema, sabiendo que la respuesta era innecesaria–. ¿Acá había libros?

–Así es –contestó la anciana–. Cientos, miles de libros que fueron desapareciendo de a uno.

Ema hizo montones de preguntas, que le sirvieron para sacar en claro algunas conclusiones, de las que tomó nota en su libreta:

• Los libros empezaron a desaparecer hace unos meses.

• Al principio fueron unos pocos ejemplares, que apenas se notaban entre los superpoblados estantes. Más adelante, el ritmo en el que fueron desapareciendo se aceleró muchísimo.

• Los libros desaparecen por las noches. Lo probaron. Pero no lograron detectar nada con la cámara de seguridad, ni poniendo trampas.

• Por las noches no queda nadie en la biblioteca.

• Los únicos libros que desaparecen son los de Literatura.

(Esto último Ema lo subrayó en su libreta. Otra vez, no sé por qué yo no lo hice acá)

–Hay algo que no entiendo –señaló Ema, preocupada–: ¿los libros están acá a la noche y a la mañana siguiente desaparecieron?

La anciana dijo que sí con la cabeza.

–¿Y nadie puede haber entrado en el transcurso de la noche?

–Sólo el señor González y yo tenemos llave, y la guardamos celosamente.

–Ajá– dijo Ema en voz alta, y en voz mucho más baja, casi un susurro, agregó–. Un misterio de habitación cerrada.

–¿Cómo? –preguntó, un rato después la anciana.

–Sí –aclaró Ema–, que esto parece un ejemplo de "misterio de habitación cerrada". Un clásico de la literatura policial: un crimen –asesinato o robo- se comete en un cuarto que, en apariencia, está cerrado por dentro, y que por eso resulta dificilísimo, imposible en apariencia de resolver. Como "Los crímenes de la calle Morgue", de Edgar Allan Poe, o "Variaciones en rojo" de Rodolfo Walsh –dijo Ema, poniendo voz de profesora.

Nadie le contestó hasta un rato después, en el que la viejita exclamó, con muchísima alegría:

–Ah, ¡pero qué buena noticia, tenemos una investigadora que disfruta de la literatura policial!

Si a Ema no le hubiese dado pena desilusionar a la viejita, le habría dicho la verdad: "No, es que lo tuve que estudiar en el colegio". Pero se contentó con decirlo para adentro, y así sintió que no estaba mintiendo tanto.

El caso ahora no parecía muy sencillísimo que digamos.

Además de incrédula, Ema es veloz, muy veloz, así que inmediatamente se puso a trabajar en sus investigaciones. Elaboró algunas hipótesis y fue investigando en relación a ellas.

Primero pensó que a lo mejor la persona que se los robó (si es que era una sola y no una banda organizada) había sacado con anterioridad los libros, así que revisó las fichas de los más de quinientos ejemplares que faltaban para ver si había nombres que coincidieran.

Pero no. Además, entre los libros desaparecidos había best-sellers que eran prestados por la biblioteca una vez por semana y libros completamente desconocidos, ignotos, a los que nadie había pedido en años. Idea descartada, el culpable no estaba en los registros ni en las fichas.

Después se dedicó a analizar todas las posibles vías de acceso a ese sector de la biblioteca, así que revisó conductos de ventilación, posibles pasadizos, puertas ocultas, estaba segura de que iba a encontrar una forma de entrar a esa parte de la biblioteca sin dejar rastro.

Pero no. Además, si alguien hubiese entrado a esa área algo habría quedado registrado en alguna de las muchas cámaras de seguridad, pero revisó minuciosamente algunas filmaciones y no se veía a nadie ni a nada.

Más tarde se le ocurrió que, a lo mejor, el ladrón serial había seguido alguna lógica o dejado alguna pista en los títulos de los libros que había robado. Así que ahí estuvo Ema, tratando de armar frases imposibles que combinaran *Alicia en el país de las maravillas*, *Fahrenheit 451*, *Rayuela* y *Don Quijote de la Mancha*. Le quedaban cosas como "Alicia Farenheit juega a la rayuela y se mancha". Después probó con los nombres de los autores de los libros que faltaban: Tolkien, Borges, Quiroga, Bodoc. Le quedaban cosas como "Tolboquibo". Armó unos rompecabezas imposibles tratando de buscarle un sentido.

Pero no.

Entonces, y ya a punto de dejarlo todo, ya exhausta, cansada y aburrida de equivocarse, Ema volvió a revisar entre los estantes, buscando algo, cualquier cosa que le diera un indicio de cuál podría ser la causa de las extrañas desapariciones.

Y entonces sí. Entonces allá lejos, oculto en un costado de un rincón de un extremo perdido de la biblioteca, de golpe vio algo que le llamó la atención. Sólo podía verse si uno ladeaba la cabeza así: ¿Ves?

Así, escrito con el dedo sobre el polvo que se había acumulado sobre el estante vacío había algo escrito, un mensaje:

"Nada por aquí. Nada por allá".
Se leía clarito.

Hasta ese momento, Ema no había notado que todos los estantes estaban recubiertos por una no-tan-fina película de polvo, se lo hizo notar a Irene (la anciana cuidadora) y ella le dijo que la biblioteca cuenta con un servicio de limpieza que plumerea a diario los estantes pero que el polvo, que después del plumerazo queda por unas horas suspendido en el aire, vuelve todas las veces al estante del que salió por la mañana, como quien vuelve de trabajar a sentarse en su sillón favorito de la casa.

–Los libros se llevan bien con el polvo, señorita Ema –dijo la viejita, y agregó–, desde el principio del mundo se han hecho buena compañía.

Ema, hasta ese momento 100% incredulidad, 100% evidencia, rompió en ese momento su conducta objetiva e intachable y tuvo un presentimiento, presintió que el polvo le iba a dar la información que precisaba para resolver este misterio.

Cuando volvió al día siguiente, encontró dos mensajes más, escritos sobre el polvo de los estantes. Uno, el del último estante, decía: "Como por arte de magia" y el segundo, que estaba bien atrás en uno de los estantes más cercanos al piso decía, simplemente, "Abracadabra".

Ema no pensó ni por un segundo en posibilidades sobrenaturales y decidió implementar las técnicas que había adquirido hacía poco, en un seminario de grafología. Comparó la letra de los mensajes de los estantes con las letras y firmas que aparecían en las fichas y demás documentos y no tuvo dudas: el que estaba dejando esas claves era González, el otro encargado de la biblioteca.

Ni lerda ni perezosa, Ema pidió la dirección de la casa de González. Llegó y tocó el timbre con la sonrisa de quien está seguro de lo que va a encontrar: al viejo González, rodeado de los miles de libros que se había ido llevando, de a uno, de la biblioteca. "Un típico caso de robo interno. Un robo hormiga", se dijo, e imaginó que contestaba en la entrevista, mientras apostaba a que el viejo estaría medio loco, algo trastornado, quizás, después de años de vivir entre las letras y el polvo.

Cuando González abrió la puerta, sin embargo, la sonrisa se deshizo rapidísimo y si bien ella no se dijo nada, yo creo que tendría que haberse dicho: "la pucha, no era nada que ver". Porque detrás del anciano gris que tenía un pequeño mate de metal en la mano derecha, sólo se veía un departamentito chiquito y muy vacío, un único ambiente en el que tenía poco y nada.

El viejo estaba encantado con la visita y la investigadora no pudo negarse a pasar, tomarse unos mates y, ya que estaba, hacerle algunas preguntas.

–Vine porque encontré unos mensajes, escritos con su letra sobre el polvo de los estantes.

–Ah, sí, sí, el polvo –dijo el viejo.

–¿Admite ser usted el que los escribió?

–Claro que sí, señorita, fui yo.

Ema se dio cuenta de que el viejo hablaba lento, como Irene ¿sería un mal de biblioteca, la tardanza?

–¿Y cuál es la explicación que tienen esos mensajes? ¿Qué significan? ¿Sabe usted lo que pasa con los libros?

–Mmm, no, no sé a ciencia cierta qué es lo que pasa con los libros, pero… –dijo el viejo y después se quedó callado.

Ema, que ya empezaba a entender esos tiempos, esperó un buen rato –dos o tres mates- a que González volviera a hablar.

—Pero tengo mis ideas, sí señor. Tengo algunas ideas.

Lo que Ema escuchó después de preguntarle al anciano cuáles eran esas ideas, la dejó más mareada que la primera charla que tuvo con Irene en la biblioteca. Más tarde, mucho más tarde, mientras volvía a la escena del crimen, la detective iba a tratar inútilmente de reconstruir esa conversación. El viejo hablaba de manera circular, y la complejidad y lo ridículo de lo que le planteó no ayudaban a la comprensión. Ema pasó largo rato mirando su libreta y pensando en cómo resumir lo que González había planteado. Finalmente, con un ligero temblor en el trazo sólo perceptible a los ojos del profesor del seminario de grafología, la investigadora anotó:

González dice que los libros se van, como por arte de magia, a vivir.

Lo que afirmaba el anciano era exactamente eso: hartos de una vida de encierro y casi siempre escrita en pasado (pretérito perfecto simple, pretérito imperfecto, recitó Ema, que era 100% buena estudiante), los personajes y las historias de los libros de la biblioteca habían decidido liberarse, emanciparse e irse a vivir en el mundo. Eso de esperar a ser leídos para poder disfrutar de la emoción propia sólo de lo que está vivo, no era para ellos. González aportaba ejemplos e incluso algunos recortes de diario que, hay que admitirlo, llamaban la atención: el mismo día en que desapareció de su estante el libro *Alicia en el país de las maravillas*, vecinos de Parque Chacabuco afirmaron que vieron a un extraño animal, muy parecido a una niña, pero increíblemente pequeña, entrando en un agujero apenas oculto bajo un árbol añoso. El día después de que se constatara la desaparición de uno de los tomos de *Harry Potter*, el Servicio

Meteorológico Nacional tuvo problemas en sus radares, que se descompusieron después de detectar un objeto volador no identificado, que en los monitores aparecía curiosamente semejante a una persona con capa, montada sobre una escoba y acompañada por lo que parecía ser una lechuza blanca.

Los ejemplos que había ido recolectando González y juntando en una carpeta bastante gruesa abundaban y habían desdibujado un poco la cara de 0% de Ema que, para el momento en que volvió a la biblioteca, ya tenía una buena confusión. No creía que nada de lo que el anciano le decía, pero no hallaba ninguna posible explicación a la desaparición de los libros, por un lado, ni a las extrañísimas coincidencias que González había encontrado, por el otro.

Los días siguieron confusos, para Ema, que instalada ya en la biblioteca y amigándose con el polvo que una vez al día se suspende en el aire por un rato, leía los diarios con atención y recortaba extrañas noticias que ponía en la carpeta de González.

Mientras termino de escribir esto, ella todavía busca en los diarios, quizás, alguna noticia sobre un detective de entrecasa, un investigador de consorcios, una detective piojosa o, lo que más le preocupa: sobre una investigadora incrédula llamada a desentrañar el misterio de una biblioteca. Digamos que busca esa noticia, sí. Recorre las páginas de los diarios con un gesto que es, sólo en un 80%, de miedo.

Índice